Rhieni Hanner Call a Gwyrdd

Brian Patten

Lluniau Arthur Robins

Addasiad Gwawr Maelor

Gomer

Argraffiad cyntaf – 2005

ISBN 1 84323 513 7

Cyhoeddwyd gyntaf ym Mhrydain
gan Walker Books Ltd., 87 Vauxhall Walk, Llundain, SE11 5HJ
dan y teitl *The Impossible Parents Go Green*

ⓑ testun: Brian Patten, 2000 ©
ⓑ lluniau: Arthur Robins, 2000 ©
ⓑ testun Cymraeg: ACCAC, 2005 ©

Dymuna'r cyhoeddwyr gydnabod cymorth
Adrannau Cyngor Llyfrau Cymru.

Cyhoeddwyd gyda chymorth ariannol
Awdurdod Cymwysterau Cwricwlwm ac Asesu Cymru.

Argraffwyd gan
Wasg Gomer, Llandysul, Ceredigion SA44 4JL

Cynnwys

PENNOD 1

Dyma Wyn a Nia Norm yn yr
ysgol.

Dyma Miss Jones eu hathrawes. Roedd hi'n arfer bod yn ecolegydd. Roedd hi'n poeni am gyflwr y byd a'i bethau. Poenai bod anifeiliaid a phlanhigion yn cael eu gwenwyno a bod tyllau anadlu morfilod yn llawn o 'ddymis babis'. Roedd Miss Jones yn meddwl byth a beunydd am ffyrdd o achub y byd. Roedd o'n boen meddwl iddi hi.

Roedd Wyn a Nia yn hoff o Miss Jones. Yn ystod gwyliau'r ysgol roedden nhw'n arfer ei gweld hi'n casglu draenogod marw oddi ar ffyrdd prysur gyda'i rhaw-codi-baw. Roedd Wyn a Nia'n gwybod yn *iawn* pwy oedd y gyrwyr di-feind ar y ffyrdd. Pwy arall ond eu rhieni hanner call!

Un diwrnod, penderfynodd Miss Jones ddysgu gwersi ecoleg i'r dosbarth. Dangosodd lun o lwynog pert i'r dosbarth.

'Fedrwch chi feddwl pwy fuasai'n gwisgo côt wedi'i gwneud o groen llwynog bach prydferth fel hwn? Fedrwch chi?' gofynnodd.

Doedd dim rhaid i Wyn a Nia

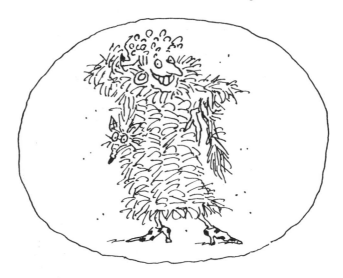

feddwl ddwywaith – eu mam wrth gwrs!

Yna, dangosodd lun camlas yn llawn sbwriel iddyn nhw.

'Fedrwch chi ddychmygu'r person melltigedig fyddai'n gwneud hyn?' gofynnodd.

Doedd dim rhaid i Wyn a Nia ddychmygu o gwbl . . . eu tad, siŵr iawn.

Ar ôl y wers ceisiodd Wyn a Nia eu gorau glas i newid ffordd eu rhieni o fyw. Ond roedd Mr a Mrs Norm yn mynnu byw fel roedden nhw'n dymuno byw.

Roedd Mrs Norm yn dal i ddawnsio-bola bob dydd.

Roedd Mr Norm wrth ei fodd
yn canu fel seren roc gyda'i
gitâr ddychmygol.

'Mi fyddai'n haws siarad
gyda draenog hanner marw
na'r ddau yma!' meddai Nia.

'Byddai wir! Mi fyddai'n haws
pigo ar frêns draenog!' meddai
Wyn.

PENNOD 2

Yna, un prynhawn ar ôl i'r
ysgol orffen, digwyddodd
rhywbeth hynod o annisgwyl
yn nhŷ Wyn a Nia.

'Heddiw rydyn ni'n troi'n
wyrdd yn y tŷ yma!'
cyhoeddodd Mr a Mrs Norm.

'Wel, nid yn gorfforol,' meddai Mr Norm. 'Byddai hynny'n ddychrynllyd. Ond rydyn ni am geisio bod yn eco . . . eco . . . ym . . .'

'Ecolegwyr?' gofynnodd Wyn.

'Yn union!' meddai Mr Norm oedd bob amser yn baglu dros eiriau mawr. 'Mae'n rhaid i ni ddilyn esiampl Miss Jones a gwneud rhywbeth o ddifrif i achub y ddaear.'

Roedd hyn yn plesio Wyn a
Nia – ac yn eu poeni hefyd.
Rhieni hanner call oedden nhw,
wedi'r cyfan.

Mae rhywbeth mawr yn siŵr o
fynd o'i le fan hyn, meddyliodd
Wyn a Nia. Ac wrth gwrs, roedd
y ddau yn llygad eu lle!

Pan ddaeth Wyn a Nia i lawr
i frecwast drannoeth dyna lle
roedd eu rhieni yn noethlymun
borcyn yn yfed te.

'Meddyliwch am yr holl ddefaid druan sy'n rhewi heb wlân ar eu cefnau er mwyn i chi a fi gael siwmper i gadw'n gynnes!' meddai Dad.

'Ond mae rhieni noethlymun fel chi yn ddigon i wneud i mi chwydu drostoch chi,' meddai Wyn.

'A fi!' cytunodd Nia. 'Ac ar ben hynny mae'ch croen chi'n crynu fel dau fynydd jeli.'

'Wel, efallai ein bod ni braidd yn oer!' meddai Mrs Norm, a gofynnodd i Dad fynd i'r seler i nôl hen sachau tatws. Torrodd Mrs Norm dyllau ar gyfer y breichiau a'r pen a stwffiodd y ddau y sachau amdanynt.

'Tydach chi ddim am ein danfon yn y car i'r ysgol wedi'ch gwisgo fel yna! Byth bythoedd amen!' meddai Wyn.

'Gyrru car i'r ysgol?' meddai Mrs Norm.

'Dim peryg! Mae'n rhaid i ni gael gwared o'r car ar unwaith!' meddai Dad.

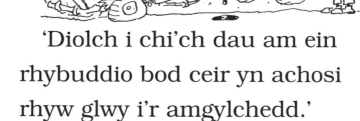

'Diolch i chi'ch dau am ein rhybuddio bod ceir yn achosi rhyw glwy i'r amgylchedd.'

'Nid clwy. NWY!' gwylltiodd Wyn wrth ruthro allan o'r tŷ.

Amser cinio roedd sioc arall yn disgwyl y ddau. Dyma i chi beth oedd tu mewn i focs cinio'r ddau:

Caws Ychen (YCHa-fi)

Darnau bach od

Ffa ffyni

Taflwyd y cwbl i'r bin! Roedd hyd yn oed y colomennod yn gwrthod bwyta'r bwyd.

I goroni'r cwbl, erbyn iddyn nhw gyrraedd adref, roedd Mam a Dad wedi cael gwared o'r teledu.

'Mae erials teledu yn ffrio brêns adar,' meddai Dad. 'Eu ffrio nhw nes bod y brêns yn disgyn trwy eu clustiau a phryfed yn eu bwyta nhw wedyn.'

'Mae pryfed yn byw yn dy frên di ers blynyddoedd,' meddai Wyn dan ei wynt.

Y noson honno collodd y ddau eu hoff raglen deledu, a phan ddaeth hi'n amser swper roedd y bwyd yn waeth hyd yn oed na'r bocs cinio sglyfaethus. Doedd dim *syniad* gan y plant beth oedd ar eu platiau.

Aeth pethau o ddrwg i waeth. Mynnai Dad ddefnyddio canhwyllau yn lle gwastraffu coedwig gyfan er mwyn cadw un bwlb trydan i oleuo am awr. Ond doedd hyd yn oed Miss Jones ddim yn credu hynny, meddai Wyn.

Yn llofftydd y ddau, roedd y dwfes wedi diflannu! Yn eu lle roedd dwy flanced o wellt pigog ar eu gwelyau.

'Tydi dwfes ddim yn llesol!' meddai Mrs Norm. 'Maen nhw wedi'u stwffio'n llawn o blu hwyaid bach diniwed. Ydych chi wedi gweld hwyaden heb blu erioed? Trist iawn,' meddai.

'A phryd welsoch chi'ch dau unrhyw fath o hwyaden ddiwethaf?' meddai Nia.

'Heblaw y rhai rydych chi

wedi'u rhostio i ginio dydd
Sul,' meddai Wyn.

Pam ar y ddaear fawr yr
oedden nhw wedi dechrau sôn
am achub y ddaear gyda'u
rhieni hanner call? Roedd hi'n
amser cael eu traed ar y
ddaear yn sydyn iawn cyn i
bethau fynd o ddrwg i waeth.
Roedd yn rhaid cael cynllun
gwych. Ond ni ddaeth yr un
cynllun i feddyliau Wyn a Nia'r
noson honno.

PENNOD 3

Yn yr ysgol y diwrnod canlynol roedd Wyn a Nia yn cael amser echrydus. Roedd pawb yn sôn bod Mr a Mrs Norm yn cerdded y strydoedd yn gwisgo dim byd ond sachau tatws amdanynt.

Ac roedd gelyn pennaf Nia, Alys Oges, yn cario straeon fod Mrs Norm yn casglu pryfed genwair o'r ardd bob dydd.

Ond doedd neb yn credu Nia.

Roedd yn well gan ei ffrindiau feddwl ei bod hi'n cael pryfed genwair ar dôst i frecwast. Roedd Nia'n casáu Alys Oges â chas perffaith. Petasai hi'n gallu ei throi hi'n bry genwair yna byddai'n werth ei bwyta i frecwast!

Roedd Mr Norm yn codi cywilydd arnyn nhw hefyd. Aeth si ar led ei fod o wedi prynu selotêp o siop Mr Henson i gau'r twll yn yr haen osôn.

Roedd Wyn a Nia yn cochi'n syth bob tro y byddai rhywun yn sôn am eu rhieni. Doedd neb yn sylwi eu bod yn cochi, chwaith, oherwydd roedden nhw'n blorod coch trostynt ar ôl cysgu o dan y blancedi gwellt.

PENNOD 4

Roedd pethau'n mynd o ddrwg i
waeth bob diwrnod. Symudodd
y gath i fyw drws nesaf am fod
Mam yn rhoi selsig llysieuol iddi
ei fwyta.

Dechreuodd Wyn a Nia wisgo pegiau ar eu trwynau oherwydd bod eu rhieni'n bwyta cymaint o ffa nes eu bod yn taro rhech mewn tiwn trwy'r adeg! Roedd y ddau yn gwneud mwy o sŵn na deuawd utgyrn!

Erbyn hyn roedd
pethau wedi
cyrraedd y pen
arnynt. Roedd y
ddau yn cuddio'u
bwyd mewn bagiau
plastig a'u lluchio
i'r bin heb i neb
sylwi. Yna roedd y ddau'n
dianc i dŷ Blodwen
Boccelli i sglaffio
sglodion a
byrgyrs mwyaf
blasus a
bendigedig y
byd!

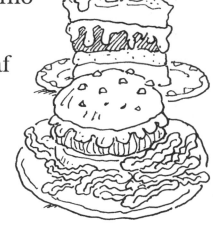

Yn nhŷ Blodwen Boccelli
cafodd Nia syniad campus!

Dyma'r union gynllun i
wneud i'w rhieni gallio unwaith
ac am byth, meddyliodd.

Roedd Wyn yn cytuno'n llwyr
gyda'r cynllun ac aeth y ddau
ati ar unwaith i baratoi.

Y cam cyntaf oedd mynd i'r Siop Bwyta'n Iach a phrynu carton anferth o Iogwrt Ychen. Ychwanegwyd blaen rhaw o raean mân i'r iogwrt a chymysgu'r cyfan gydag ychydig o dywod rydych chi'n ei roi yn nhŷ bach y gath!

Yna, roedd angen
prynu inc gwyrdd o'r
siop bapur a sbwnj
gwyrdd o'r fferyllfa.
Roedd yn rhaid i'r
sbwnj fod yn union
yr un

fath â'r sbwnj
yn eu stafell
ymolchi
gartref.

Roedd ganddynt
dywelion gwyrdd yn barod.
Nawr roedd
popeth yn eu
stafell ymolchi
yn wyrdd.

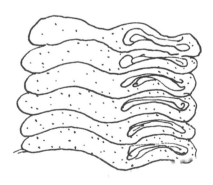

Yn olaf, sleifiodd y ddau yn ddistaw bach i'r llofft gyda'r inc a'r sbwnj gwyrdd a rhoi'r iogwrt yn yr oergell.

Roedd popeth yn ei le ar gyfer cychwyn y cynllun campus.

PENNOD 5

Wrth fwyta swper y noson honno dywedodd Nia glamp o gelwydd.

'Ew, fe gawson ni wers arbennig o dda yn yr ysgol heddiw,' meddai.

'Gwers ecoleg oedd hi?' holodd Mrs Norm yn syth.

'Gwers am *beryglon* ecoleg oedd hi!' meddai Nia.

'Peryglon? Pa fath o beryglon?' gofynnodd Dad yn bryderus.

'Wel, mae'n bosib gwneud *gormod* i gadw'r byd yn wyrdd. Wyddoch chi fod pobl yn gallu troi'n wyrdd go iawn?' holodd Non.

'Yn union!' meddai Wyn. 'Ac mae'n beryglus iawn – gall eich croen droi'n wyrdd a disgyn i ffwrdd.'

Ond doedd Mam a Dad ddim yn hollol siŵr ai lol oedd y cyfan. Roedd sŵn pryderus iawn yn eu lleisiau.

Dychmygwch Mr a Mrs Norm heb damaid o groen! Dim rhyfedd bod y ddau'n bryderus!

PENNOD 6

Ond dim ond un rhan o'r
cynllun oedd cael Mam a Dad i
ddechrau *poeni* y gallen nhw
droi'n wyrdd. Yr ail gam oedd
gwneud yn siŵr bod eu croen
yn troi'n wyrdd o flaen eu
llygaid. Roedd hi'n hen bryd
rhoi'r inc a'r sbwnj gwyrdd ar
waith.

Y noson honno, ar ôl cael
bath, sleifiodd y plant o'u
llofftydd yn ôl i'r stafell
ymolchi. Roedd Nia'n gafael yn
yr inc gwyrdd a Wyn yn cario'r
sbwnj newydd sbon.

Tywalltodd Nia'r inc gwyrdd
ar y sbwnj newydd a chuddio'r
hen sbwnj yn ofalus rhag i'w
mam a'i thad ei ddefnyddio.

Diolch byth am olau
cannwyll yn hytrach na golau

trydan, meddyliodd Nia. Fyddai eu rhieni byth yn sylwi ar y sbwnj newydd!

Yn fuan iawn, roedd Dad yn canu dros y lle. Ni sylwodd ar ddim byd gwahanol. Sychodd ei hun yn ofalus gyda'r tywelion gwyrdd ac i ffwrdd â fo i'r gwely. A phan ddaeth hi'n dro Mam i fynd i'r bath, sylwodd hithau ddim chwaith.

Unwaith y dechreuodd Dad
chwyrnu dros y tŷ a Mam yn
dyrnu ei drwyn i'w dawelu,
sleifiodd Nia a Wyn yn ôl i'r
stafell ymolchi i lanhau'r bath
yn lân rhag ofn bod unrhyw
ddiferyn o'r inc gwyrdd ar ôl.

Taflodd Nia y sbwnj inc
gwyrdd i'r bag sbwriel a
rhoddodd Wyn yr hen sbwnj
gwyrdd yn ei ôl yn daclus.
Fyddai neb byth yn gallu
dyfalu sut y trodd dŵr y bath
yn wyrdd.

Trannoeth daeth sŵn sgrechian dychrynllyd o lofft Mam a Dad. Roedd y ddau wedi troi'n wyrdd dros nos! Doedd gan yr un o'r ddau syniad mai'r inc gwyrdd oedd ar fai!

Roedd y ddau yn wyrdd o'u corun i'w sawdl – hyd yn oed eu hewinedd a'u tafodau. Roedden nhw'n union fel dau fresych gwyrdd, anferth.

'Dw i'n cofio Miss Jones yn dweud bod yna ffordd i gael gwared o'r lliw gwyrdd drwy fwyta Iogwrt Ychen,' meddai Nia.

'Yr union Iogwrt sydd yn yr oergell!' meddai Wyn.

Rhuthrodd Mr a Mrs Norm i'r oergell a llowcio a llarpio'r iogwrt yn syth nes bod y graean mân o'r ardd a'r tywod-tŷ-bach-cathod yn crafu a chrensian eu dannedd.

Yna, daeth rhagor o
sgrechian aflafar dros y tŷ.
Roedd y graean a'r tywod wedi
torri dant Dad! Rhuodd a
bloeddiodd fel tarw o'i go'.
Roedd o wedi colli'i ddant!

'Rhaid i chi fynd at y deintydd ar unwaith! Nid unrhyw ddeintydd cyffredin, cofiwch, ond deintydd sy'n trin eich dannedd mewn ffordd naturiol. Deintydd ecolegwyr!' esboniodd Nia.

'Maen nhw'n crafu'ch dannedd gyda cherrig glan-y-môr ac yna'n llenwi'r twll gyda gwymon gwyrdd,' meddai Wyn. 'Ac os bydd angen tynnu dant mi fydd yn rhaid drilio a llifio heb bigiad wrth gwrs!' ychwanegodd.

Roedd Wyn a Nia yn ceisio dychryn y ddau ac roedden nhw'n credu pob gair! Roedd meddwl am ei groen yn disgyn a chlywed am y drilio a'r llifio dannedd yn ormod i Dad.

'Peidiwch â *meiddio* mynd â fi na Mam at y deintydd naturiol brwnt yna!' gorchmynnodd Dad. 'A does 'na neb yn cael cyffwrdd blaen eu bys ar groen Mam na finnau. Deall?'

'Rydw i'n mynd yn ôl i fyw yn normal o'r eiliad hon ymlaen!' cyhoeddodd Dad.

Cytunodd Mrs Norm ar unwaith. 'Dim mwy o'r sachau gwirion yma!' meddai, ac i ffwrdd â hi i fyny'r grisiau i daflu'r sachau a'r blancedi gwellt. Ymhen amser diflannodd yr inc gwyrdd oddi ar eu crwyn a dechreuodd Mam wisgo'i dillad bola-ddawnsio a'r sgarff bluog unwaith eto.

Diolch byth, roedd twll y
dant yn dechrau cau a gwella
ac roedd Mr Norm yn teimlo'n
gyffyrddus braf yn ei dracsiwt.
Dechreuodd gael blas eto ar
brynu byrgyrs a sglodion.

Diolch i'r drefn, roedd y
cynllun wedi gweithio! Roedd
Dad a Mam wedi troi'n rhieni
hanner call unwaith eto!

Ond roedd ychydig bach o inc gwyrdd ar ôl yng ngwaelod y botel . . . rhag ofn!

Hefyd yn y gyfres:

Cysylltwch â Gwasg Gomer i dderbyn pecyn o syniadau dysgu yn rhad ac am ddim.